MISTER COOL

Roger Hargreaves

Rieder Bilderbücher

Dem armen Jakob Kerner ging es nicht besonders gut.

Seit vier Tagen lag er nun schon im Bett, und bevor sich keine Besserung zeigte, durfte er nicht wieder aufstehen.

„Ist das langweilig!", stöhnte er. „Ich würde viel lieber rausgehen und mit meinen Freunden spielen."

Da schoss plötzlich ein blauer Wirbelwind durchs offene Fenster herein.

Er sauste ein paarmal um die Deckenlampe herum, und dann landete ein kleiner blauer Kerl mit Hut auf dem Fußende von Jakobs Bett.

„Cool!", sagte Jakob.

„Genau, das bin ich: Mister Cool!", sagte Mister Cool.

„Cool!", sagte Jakob noch einmal.

„Du schaust aus, als ob dir langweilig wäre", sagte Mister Cool. „Ich finde, wir könnten ein bisschen rausgehen und Spaß haben."

„Das täte ich nur zu gerne", antwortete Jakob, „aber ich darf nicht. Ich muss im Bett bleiben."

„Vielleicht können wir ja dieses eine Mal eine Ausnahme machen", sagte Mister Cool und schnipste mit den Fingern.

Im nächsten Augenblick befand sich Jakob im Cockpit eines Düsenjets.

„Möchtest du mal eine kleine Runde drehen?", schlug Mister Cool vor.

„Was? Ich kann doch gar nicht fliegen!", sagte Jakob.

„Klar kannst du!", meinte Mister Cool. „Das ist ganz einfach!"

Und so flog Jakob im Düsenjet über den Atlantik und wieder zurück.

„Das war cool!", rief Jakob, nachdem sie wieder auf dem Boden waren. „Danke, Mister Cool!"

„Wir sind noch nicht fertig", meinte Mister Cool und schnipste wieder mit den Fingern.

Jakob hörte das Geschrei einer riesigen Menschenmenge. Er befand sich im Fußballstadion, aber er war keiner von den Zuschauern. Er saß mit den anderen Spielern auf der Bank!

Und er trug sogar den Mannschaftsdress!

„Schnell!", sagte Mister Cool. „Der Trainer will, dass du reingehst!"

„Ich soll spielen?", meinte Jakob ungläubig. „Aber das ist doch der FC Bombig!"

Und ihr werdet nicht glauben, was dann geschah …

Jakob schoss das entscheidende Tor zum Sieg!

„Wow! Das war so cool!", sagte Jakob.

Während sie vom Spielfeld gingen, schnipste Mister Cool mit den Fingern und schon waren sie wieder woanders …

Auf den höchsten Baum der Welt waren sie geklettert!

Mister Cool schnipste wieder mit den Fingern und bevor man auch nur Jakob K… sagen konnte …

… standen sie auf dem Gipfel eines Berges!

„Wo sind wir?", rief Jakob. Er musste schreien, um den Sturm zu übertönen.

„Auf dem Mount Everest!", rief Mister Cool zurück.

„Obercool! Was machen wir hier?", schrie Jakob.

„Schlittenfahren!", meinte Mister Cool. „Los geht's!"

Jakob und Mister Cool sausten auf ihrem Schlitten den Mount Everest hinunter. Von ganz oben bis nach ganz unten!

„Das war das Coolste, was ich je gemacht habe!", rief Jakob begeistert.

„Es war eher das K…, das K…, das Kälteste", stammelte Mister Cool.

Und dann schnipste er zum letzten Mal an diesem Tag mit seinen Fingern.

Im nächsten Augenblick war Jakob wieder zurück in seinem Schlafzimmer.

„Vielen, vielen Dank, Mister Cool", rief er.

„Das war …"

„… unglaublich?!", lachte Mister Cool.

„Ich bin dann mal weg", sagte er. „Nur noch eine Sache, Jakob! Schau doch mal in den Spiegel!"

Und mit diesen Worten schoss Mister Cool durch das geöffnete Fenster nach draußen.

Jakob ging ins Bad.

„Cool!", meinte er, als er sich im Spiegel erblickte.

Wisst ihr, warum er so begeistert war?

Genau! Sein Ausschlag war weg!

Jakob war wieder gesund!

Ich frage mich, auf welcher Seite das angefangen hat.